Unheimliches für die Kohte
2

© 2023 Peter Kehrbusch, Martin Hecht
Herausgeber: Weinbacher Wandervogel
Herstellung und Verlag:
BoD – Books on Demand, Norderstedt
ISBN: 9 783746 006307

Peter Kehrbusch

Der Jäger Keim

Ein Freund ist verschwunden. Wir kannten uns schon seit wir klein waren. Ich habe überall gesucht und überall gefragt. Niemand weiß etwas. Er ist wie vom Erdboden verschluckt. Ich wusste nicht wohin er verschwunden ist. Aber seit heute weiß ich wie.

Früher erzählten wir uns eine bestimmte Gruselgeschichte. Vielmehr bekamen wir sie erzählt. Aus einem guten Grund immer am Lagerfeuer. Sie begann damit, dass man einen bestimmten Spruch niemals dreimal hintereinander in eine Flamme sprechen durfte. Wir hatten uns das auch nie getraut. Ich erinnere mich genau an die Geschichte. Es ging um einen Jäger, der von einem Wilderer erschossen wurde. Die Geschichte hatte einen wahren Kern, nämlich den Mord am Jäger Friedrich Keim. Das war damals schon weit über 100 Jahre her. Mitten im Wald, wo damals der Mord geschah, steht heute noch ein Holzkreuz. Daneben befindet sich ein kleiner Felsen mit einer Inschrift. Der Ort heißt Keims Kreuz. Die Geschichte war schön ausgeschmückt. Wir hörten Sie gerne.

Sie begann schon damit, dass der Jäger Keim auf

1

der Jagd nach einem Mörderhirsch war. Alleine die Vorstellung, was wohl ein Mörderhirsch sei, fand ich zumindest irre. Leider wurde ich schnell enttäuscht, denn das ist ein Hirsch, der einfach so alt ist, dass er kein richtiges Geweih mehr ausbildet. Er trägt dann nur noch zwei Spieße. Deswegen kann er bei Zweikämpfen in der Brunft anderen Hirschen schwere oder sogar tödliche Verletzungen zufügen. Wenigstens weiß ich heute, was ein Mörderhirsch ist.

Dieser Hirsch hatte auch einen Namen: Silvanus. In der Geschichte gab es noch einen Einsiedler im Wald, den alle Wurzelsepp nannten. Der hieß so, weil er Gesichter in Wurzeln schnitzte. Die und andere Schnitzereien wie Löffel, Becher und Schalen verkaufte er in den umliegenden Dörfern. Nur dann und sonntags in der Kirche bekamen die Leute den Wurzelsepp zu Gesicht. Die Kinder liefen ihm oft nach und verspotteten ihn. Den Erwachsenen war er nicht geheuer, weil er alleine im Wald wohnte. Der einzige, der wusste, wo er wohnte und der auch mit ihm befreundet war, war der Jäger Keim.

Den Namen Wurzelsepp fand ich total lächerlich. Dabei gab es tatsächlich im Nachbarort einen Malermeister, der unter dem Namen Wurzelsepp Zwergengesichter in kleinere Kiefernwurzeln schnitzte, die er zuvor im Wald ausgrub. In fast jedem Vorgarten in der Gegend lag so ein Ding rum, manchmal hing es auch an der Haustür.

Eines Tages war Jäger Keim auf der Jagd. Dafür trug er sogar ein neues preußisches Gewehr. Unterwegs machte er beim Wurzelsepp halt. Der Wurzelsepp warnte ihn, dass der Silvanus umgehen würde. Er solle ja nicht auf Silvanus schießen. Er solle ihn auch nicht bei seinem Namen nennen, sonst würde er ihn herbeirufen. Silvanus sei wie ein Geist. Geister zu beschwören sei gefährlich, denn sie wollten immer etwas für ihr Erscheinen. Aber er solle sich auch vor dem Höfer in Acht nehmen. Der würde in letzter Zeit hier in der Gegend wildern.

Der Jäger Keim folgte nun Wildwechseln, aber ohne Erfolg. Letztlich stieß er mitten in der Nacht auf Silvanus. Dort traf er aber auch auf Höfer, den Wilderer. Als der auf den Hirsch anlegte, trat Jäger Keim vor ihn und rief: „Nicht! Das ist Silvanus!" Doch Höfer drückte ab. Der Schuss krachte und tödlich getroffen sank Keim zu Boden. Als Höfer erkannte, was er getan hatte, rief er: „Der Teufel soll mich holen!"

Plötzlich stand Wurzelsepp hinter ihm und sprach: „Nein. Der Keim soll dich holen." Seit dieser Nacht blieb Silvanus verschwunden.

Die Leiche des toten Jägers wurde schon am nächsten Morgen gefunden. Schnell stand für die beiden hinzugerufenen Gendarmen fest, wer der Täter war. Denn sie fanden noch frische Fußspuren. Höfer war barfuß und hatte dummerweise eine Besonderheit: Seine Hände und Füße hatten sechs Finger und Zehen. Das hielt ich immer für sehr an den Haaren herbeigezogen, aber ein Blick in die Ortschronik zeigte, dass das wirklich stimmte. Der Wilderer und Mörder wurde damals tatsächlich überführt, weil er zwölf Zehen hatte und barfuß lief.

Die Gendarmen konnten Höfer nicht sofort finden.
Doch sie stießen auf die Hütte vom Wurzelsepp.
Vielleicht dachten sie, das sei ein Unterschlupf vom
Höfer. Jedenfalls zündete einer der beiden die Hütte an. Sie brannte noch, als der Wurzelsepp zurückkehrte. Voller Zorn beschwörte er den Geist des Silvanus. Dreimal rief er einen Satz in die Flammen:
„Silvanus, Silvanus, der Keim soll kommen!"
Da fauchte und knallte es wie ein Schwarzpulverschuss aus dem Gewehr des Höfers. Aus den Flammen stieg der Jäger Keim.
„Du hast gerufen, dir erschein' ich, dich werd' ich
nehmen!"
„Nimm lieber den, der mir mein Heim verbrannt
hat! Dann sind wir quitt!"
Da sprang der Keim aus dem Feuer und rannte davon. Wo er hintrat war nur die Fährte eines Hirsches
zu sehen. Am nächsten Tag fand man an einem Feldrand einen toten Gendarmen. Es sah so aus, als wäre
er von einer riesigen Geweihgabel aufgespießt worden.
Höfer, der Wilderer, war inzwischen ins Gefängnis
nach Zweibrücken gebracht worden. Dort lief er den
ganzen Tag in seiner Zelle hin und her und murmelte dabei die ganze Zeit: „Der Keim wird kommen,
der Keim wird mich holen." Jedes Mal, wenn die Tür
aufging, drückte er sich in panischer Angst an die
Wand und fing laut an zu schreien.
In der Nacht darauf machte der Wurzelsepp wieder
ein Feuer. Wieder rief er dreimal den Satz „Silvanus,
Silvanus, der Keim soll kommen!" ins Feuer. Wieder

zischte und knallte es wie ein Schwarzpulverschuss, und der Jäger Keim stieg aus den Flammen.

„Du hast gerufen, dir erschein' ich, dich werd' ich nehmen!"

„Nimm lieber den Höfer, der dich erschossen hat! Dann sind wir quitt!"

Der Keim sprang aus dem Feuer und rannte weg. Er hinterließ nur die Fährte eines Hirsches. Am nächsten Morgen fand man den Wilderer Höfer tot in seiner Zelle. Als ob er von einer riesigen Geweihgabel aufgespießt worden wäre.

Der nun fast mittellose Wurzelsepp zog mit den wenigen Waren, die nicht mit seiner Hütte verbrannt waren, durch die umliegenden Dörfer, um etwas zu verkaufen. Dort trat plötzlich eine ältere Frau vor ihn. Sie schlug auf ihn ein und zertrampelte seine Waren. Er solle ich wegscheren, denn er würde Unglück über die Leute bringen. Der Wurzelsepp lächelte nur, nahm seine Sachen und ging. Vor dem Dorf machte er aus den zerbrochenen Schnitzereien ein kleines Feuer. Dann sprach er in die Flammen: „Silvanus, Silvanus, der Keim soll kommen! Silvanus, Silvanus, der Keim soll kommen!"

In dem Moment kapierten wir, dass da die Beschwörungsformel dreimal ins Feuer gesprochen wurde. Ich dachte noch etwas wie: „Tu's nicht!" Mit den Worten: „Silvanus, Silvanus!" warf dann der Geschichtenerzähler ein Pulver in die Flamme. Ich glaube, das war so ein Pulver, das man auch fürs Feuerspucken nehmen kann. Das zischte und verpuffte mit greller Flamme. Wir fielen vor Schreck rückwärts um. Genaugenommen hatten wir richtig die Hosen voll. Im Nachhinein war das eine tolle Geschichte. Irgendwann fiel uns auf, dass da der dritte Satz nie vollendet wurde. Trotzdem hatten wir uns nie getraut, dreimal diesen Satz ins Feuer zu sprechen. Man kann ja nie wissen...

Trotzdem hat die Geschichte meinen Freund nie losgelassen. Immer mal wieder sagte er, er wolle den Satz dreimal in eine Flamme sprechen. Jetzt ist der Freund verschwunden. Niemand weiß etwas.

Heute war ich beim Keims Kreuz. Das Holzkreuz ist neu. Auf der verwitterten Inschrift im Felsblock wurde eine Sandsteintafel mit einer neuen Inschrift angebracht. Friedrich Keim, Erlenbrunn, 15. Mai 1870. Dort steht sogar eine Sitzgruppe aus Holz. Dorthin setzte ich mich und ließ den Blick schweifen. Auch hier war keine Spur von meinem Freund zu sehen. Doch dann entdeckte ich eine kleine Feuerstelle, nur ein paar Schritte weiter. Ich ging hin und sah sie mir etwas genauer an. Sie war noch nicht alt. Hufabdrücke von einem Hirsch führten heraus und auch wieder hinein. In diesem Moment verstand ich, was passiert war.

Peter Kehrbusch

Für einen Tag

Alleine unterwegs. Das hatte für mich immer noch etwas Abenteuerliches. Ich hatte mich mit Freunden über Nacht von Samstag auf Sonntag getroffen. Jetzt war ich auf dem Rückweg. Mit dem Bummelzug würde das eine halbe Ewigkeit dauern. Und das letzte Stück würde ich noch laufen müssen. Aber ich musste ja so weit weg wohnen. Seit dem späten Vormittag war ich unterwegs. Alles Wichtige, Schlafsack, Zahnbürste, Socken und so weiter hatte ich wieder im Rucksack. Für die lange Fahrt hatte ich auf keinen Fall Hausaufgaben dabei, aber etwas zu lesen hatte ich dummerweise auch zuhause liegen lassen. Aber das war gestern auch kein Problem gewesen.

Anfangs konnte ich noch etwas im Zug dösen. Richtig schlafen konnte ich nicht, weil ich immer Angst hatte, meinen Umsteigebahnhof zu verpassen. Immer wieder sah ich auf den Fahrplan, kontrollierte die Uhrzeit und wo ich gerade fuhr. Später würde ich die erste größere Stadt erreichen. Aber davon war noch keine Rede. Eine Station zum Umsteigen bescherte mir eine deutliche Wartezeit. Der Bahnsteig sah so aus, als wäre er im Nirgendwo. Es war auch noch recht kühl im Jahr, weshalb ich mich ungern auf eine der Bänke aus Drahtgitter setzen mochte. Auf dem Bahnsteig warteten noch zwei Reisende. Ein Mann mit einer Umhängetasche, ein Stück weiter eine Frau in einer dicken, mantellangen Jacke und großen Taschen. Die Frau fröstelte, zumindest wippte sie ein klein wenig auf ihren Füßen hin und her.

Der Bahnsteig war etwas heruntergekommen. Wenige Schritte vor den altersschwachen Schutzdächern bröselte der Asphalt. Losgetretenes Moos, in Ritzen sprießendes Grün, vertrocknetes Gras vom letzten Jahr, festgetretene Kaugummis und Rost verbreiteten eine Stimmung von Melancholie und Trostlosigkeit. Auf den Gleisen lag überall Müll. Vor allem waren es Zigarettenstummel. Es roch nach kaltem Zigarettenrauch, abgebrannten Elektrokontakten und einem Hauch von Urin. Gelangweilt lief ich den Bahnsteig auf und ab. Die Zeit wollte und wollte nicht vergehen.

Nach einigem Auf und Ab war er plötzlich da. Ein Penner. Zumindest sah er so aus. Zuvor hatte ich ihn gar nicht bemerkt. Als er mich ansprach, zuckte ich kurz zusammen. Er saß auf einer schmutzig fleckigen Decke auf dem Boden und hatte einen überladenen Rucksack, eine Stofftasche sowie eine zusammengerollte Isomatte um sich geschart. Vielleicht seine ganze Habe. Er selbst schien steinalt zu sein. Zumindest waren die Haare und der Bart weiß, lang und etwas ungepflegt. Aber zwei helle, graue junggebliebene Augen blitzten daraus hervor. Bekleidet war er mit einem alten Hemd, einer dicken Filzjacke und schmutzigen Jeans. Dazu roch er etwas streng. Mit einer Mischung aus Unbehagen und Neugier wandte ich mich ihm zu. Eigentlich hatte ich keine Lust, mich mit ihm zu unterhalten. Aber wenn er komisch werden würde, konnte ich ja einfach weggehen. Immerhin war er das Interessanteste auf dem ganzen Bahnsteig.

Er fragte ob ich auf Fahrt sei. Ich war zunächst überrascht, wie er auf so ein Wort kam. Ich nickte. Dann erzählte er mir, das habe er in seiner Jugend auch gemacht und hätte es nie bereut. Ich sah ihn wohl etwas merkwürdig an. Da lachte er herzlich und sagte, deswegen sei er nicht zu dem geworden, der er jetzt sei. Das wäre die Strafe für ihn, weil er vor sich selbst weggelaufen sei. Weil er sich nie seinen innersten Ängsten gestellt habe.

Dann schwärmte er vom blauen Meer in Griechenland, der herben Schönheit Islands, den Beduinen im Sinai, den Rentierherden in Lappland und noch viel mehr. Er wünschte sich, dass ich das auch erleben würde. Jetzt war der Penner tatsächlich interessant.

Dann pumpte er mich an. Scheinbar. Also: er fragte, ob ich was für ihn hätte. Da dachte ich noch, das wäre eine geile Masche, die Leute in ein Gespräch zu verwickeln und dann anzupumpen. Ich sagte, dass ich knapp bei Kasse wäre. Das war ja nicht gelogen. Darauf lachte er wieder herzlich. So sei das nicht gemeint. Ob ich ihm von meinen Fahrten erzählen könnte. Aber wenn ich was zu essen hätte, wäre er natürlich nicht abgeneigt. Ein Blick auf die Uhr zeigte mir, dass ich auf meine Weiterfahrt noch warten musste. Kurzentschlossen legte ich meinen Rucksack ab und setzte mich zu ihm. Er roch immer noch streng. Ich packte meinen Proviant aus und teilte mit ihm. Es waren Brote mit Kalbsleberwurst. Ich hatte keinen Hunger und aß eher aus Höflichkeit mit.

Dankbar grunzend verschlang er seinen Teil und ich erzählte ihm von meiner letzten Fahrt zu Ostern. Leider nicht nach Griechenland. Es war in die Sächsische Schweiz gegangen. Das kam mir etwas bescheiden vor, doch er hörte aufmerksam zu. Das Schlafen unter den Felsüberhängen, was die Einheimischen Poofen nennen, der Weg über den Kuhstall, das war eine Burgruine, und dann durchs Kirnitzschtal. Er hatte viele Fragen. Ob ich auch auf dem Lilienstein war oder am Amselfall. Beim Letzteren war ich tatsächlich gewesen.

Jetzt war die Zeit fortgeschritten, und ich wollte mich verabschieden. Da sagte er, er wolle mir auch etwas schenken. Es sei nicht gut und nicht böse, es sei nur. Einfach nur es sei. Es sei was?

Dazu würde er mir gerne die Hand auf die Stirn legen. Das fand ich richtig verschroben, doch noch bevor ich mich besinnen konnte, hatte er das bereits für einen kurzen Moment getan. Ich sollte mich nicht fürchten. Bis dass die Sonne untergeht, sollte ich das sehen dürfen, vor dem ich mich am meisten fürchte. Für einen Tag. Was ich sehen würde, fragte ich etwas pikiert zurück. Das könnte er nicht sagen, antwortete er. Jeder Verstand würde es anders sehen. Es würde einen verändern. Es würde einen reifen lassen. Ich schulterte meinen Rucksack. Ich musste mich beeilen, der Zug fuhr gleich ein.

Im Aufbruch drehte ich mich noch einmal zu ihm um. Was es denn wäre, wollte ich von ihm wissen. Was wäre es denn, vor dem ich meisten fürchte? Es wäre das, vor dem sich alle am meisten fürchten. Er rief es mir schon fast zu. Heute würde ich den Tod sehen.

Ich wurde bleich. Ich stürzte in den nur spärlich besetzten Waggon und dort direkt auf die nächstbesten Sitze. Hier sah ich zum Fenster hinaus. Der Penner saß noch da. Es piepte, die Türen schlossen sich, der Zug fuhr an. Der Penner winkte mir zu. Ich sah ihn nur starr an. Nach wenigen Sekunden hatten der Zug den Bahnsteig verlassen.

Meine Knie waren weich. Ich sollte heute den Tod sehen. Als Geschenk auch noch. Da konnte ich mir aber etwas Schöneres vorstellen. Ich versuchte das soeben Erlebte von mir abzuschütteln oder zu verdrängen. Es gelang mir nicht. Ich hielt die Hand vor mich. Die zitterte nicht, sie flatterte. Und ich konnte nichts dagegen tun, sie gehorchte mir nicht mehr. Dazu kam ein flaues Gefühl im Magen. Ich setzte mich um. In eine Sitzgruppe mit Tisch. Mit tiefem Durchatmen versuchte ich mich zu beruhigen. Aber es ging mir nicht aus dem Kopf. Den Tod sollte ich sehen. Meinen Tod? Nein, das konnte nicht sein. Was sollte ich denn dann solange sehen. Oder erst zum Sonnenuntergang?

Hoffentlich warf sich niemand vor den Zug, schoss es mir durch den Kopf. Der berühmte Unfall mit Personenschaden. Schnell schüttelte ich den Gedanken wieder ab. Mein Mund war trocken. Ich wühlte in meinem Rucksack nach meiner Trinkflasche. Schwarzer Tee. Earl Grey. Mit einem Schuss Zitrone. Er wollte mir nicht recht schmecken. Als ich die Flasche absetzte, glitt mein Blick zwischen den Sitzen durch.

Einige Reihen weiter saß jemand, den ich zuvor nicht bemerkt hatte. Er war blass. Seine Augen waren weit geöffnet. Sein Blick war starr nach vorne gerichtet. Blinzelte er überhaupt? Ich zwang mich wegzuschauen. Zum Fenster hinaus. Die vorbeifliegende Landschaft nahm ich gar nicht erst wahr.

Das war doch nur eine harmlose Spinnerei von einem Penner. Warum hatte mich das so mitgenommen? Ich hielt die Hand wieder vor mich. Sie zitterte immer noch. Schnell setze ich mich auf beide Hände. Als könnte ich sie so ruhig halten. Wie beiläufig blinzelte ich kurz zwischen den Sitzreihen hindurch. Der Blasse war immer noch da. Und blickte immer noch nach vorne. Er starrte mich doch an! Schnell drehte ich wieder den Kopf, um nach draußen zu sehen. Aber meine Gedanken schweiften wieder ab. Bis dass die Sonne untergeht. Hatte er gesagt. War mit der Sonne was Besonderes? Ich blickte weiter nach oben. Leicht bedeckter Himmel. Nichts Besonderes.

Der Zug fuhr langsamer, die nächste Haltestelle kam näher. Immer noch starrte der Blasse zu mir. Für einen kurzen Moment dachte ich darüber nach auszusteigen. Ich schüttelte den Gedanken ab. Jetzt hatte ich auch schon Angst vor irgendwelchen Leuten. Vielleicht war der ja krank? Hatte er vielleicht Medikamente genommen? Oder gar Drogen? Der Zug hielt, vereinzelt stiegen Leute aus, ein paar neue ein. Der Typ blieb sitzen. Und starrte. Ich fühlte mich beobachtet. Das wurde mir richtig unangenehm. Das war schon unnatürlich, wie der Typ schaute. An der nächsten Haltestelle musste ich sowieso umsteigen. Vielleicht blieb er ja sitzen?

Über den Mittelgang schlenderte eine offensichtlich gut gelaunte junge Frau heran, trällerte noch etwas davon, dass es etwas länger gedauert habe, und setze sich neben den Typen. Sie setzte ihm eine schwarze Brille auf, half ihm beim Aufstehen und drückte ihm einen weißen Stock in die Hand. Am Arm führte sie ihn in Richtung Ausgang. Der blasse Typ war einfach nur blind. Jetzt kam ich mir richtig blöd vor. Ich litt an Verfolgungswahn! Eindeutig!

Hier musste ich umsteigen, hatte aber noch fast vierzig Minuten, bis der Anschlusszug kam. Mit meinem Rucksack eilte ich aus dem Bahnhof die paar Schritte in die Innenstadt. Die Zeit wollte ich nutzen, um mich umzusehen. Wie schön und freundlich mir plötzlich alles vorkam. Alles wirkte heller, wärmer und die Farben waren irgendwie kräftiger. Meine Laune besserte sich zusehends. Alles war irgendwie gut. Das Wetter, die Stimmung. Vergnügt dachte ich an den letzten Abend. Er war wirklich schön gewesen.

Vor mir entdeckte ich einen Brunnen auf einem Sockel aus Stufen und einer Figur in der Mitte. Frech setzte ich mich auf den Rand, zückte meine Teeflasche und blickte über das geschäftige Treiben in der Fußgängerzone. Die Geschäfte waren zwar zu, es war ja Sonntag, aber die Cafés und die ersten Eisdielen hatten geöffnet.

Dann sah ich, wovon der Penner sprach. Ich sah den Tod. Durch alle diese Menschen lief eine schlanke, graue Gestalt. Sie überragte alle deutlich. Außer mir schien niemand sie wahrzunehmen. Sie war nicht gut zu erkennen. Ihre Umrisse waren unscharf oder verschwommen. Die Gestalt hielt so etwas wie eine Angel in der Hand. Sie war nicht mehr als ein Stock mit einer nach unten hängenden Angelschnur.

In mir verkrampfte sich alles. Darauf war ich nicht gefasst. Mein Mund wurde sofort wieder trocken. Stocksteif und ungläubig starrte ich auf die Gestalt. So muss sich wohl ein Reh fühlen, das in den Scheinwerferkegel eines Autos geraten ist. Wie gelähmt saß ich auf dem Brunnenrand und konnte den Blick nicht abwenden.

Bedächtig schwenkte die Gestalt ihre Angel hin und her. Die Angelschnur glitt durch die Menschen meistens einfach so hindurch. Bei manchen ruckte sie kurz, und die Gestalt wurde auf diese aufmerksam. Doch die Schnur löste sich bei allen wieder, und die Gestalt angelte weiter. Dabei kam sie immer näher. Als ich endlich bemerkte, dass sie auch immer näher auf mich zukam, wollte ich schreien und davonlaufen, aber es ging nicht. Meine Beine gehorchten mir nicht mehr.

Jetzt war die Gestalt ganz nah. Der Körper war immer noch unscharf.

Sah denn niemand sonst diese Gestalt? Sie war doch da! Die Menschen wuselten hin und her, schwatzen miteinander, sahen auf die Uhr, kramten in Taschen, aber sehen konnten sie sie nicht.

Neben mir, in einem Rollstuhl, wurde eine alte, gebrechliche Frau vorbeigeschoben. Vielleicht wäre sie mir sonst nie aufgefallen. Ich erinnere mich noch an ihre geradezu monströse Sonnenbrille. Die Angelschnur schwenkte genau zwischen mir und der Frau hindurch. Ganz nahe an mir vorbei. Zu nahe für meinen Geschmack. Das pure Entsetzen machte sich in mir breit. Panisch griff ich nach meinem Rucksack. Ich wollte nur noch eins: Weg von hier. Eng an den Brunnenrand gedrückt, schob ich mich seitwärts am Brunnenrand entlang. Ich atmete nur noch stoßweise. Mein Blick war immer noch starr auf die Gestalt gerichtet. Sie schwenkte die Angel wieder in meine Richtung. Ganz knapp strich die Angelschnur an mir vorbei. Da plötzlich blieb sie an der Frau im Rollstuhl hängen. Sofort wurde die Gestalt auf die Frau aufmerksam.

Langsam drehte sich die Gestalt um. Dabei sah ich ihr für den Bruchteil einer Sekunde ins Gesicht. Erkennen konnte ich nichts. Aber meine Augen brannten urplötzlich wie Feuer. Vor Schmerz und Entsetzen gepackt, riss ich meine Arme nach oben, um mein Gesicht zu schützen. Erstickt schrie ich auf und ging in die Knie. Dabei nickte ich mit dem Kopf etwas nach unten und presste die Hände auf meine Augen. Zusammengekauert kippte ich um. Samt Rucksack und Flasche stürzte ich nun die Stufen vom Brunnenpodest hinunter. Genauso schnell, wie der Schmerz in meine Augen kam, war er wieder weg. Wie weggeblasen. Ich nahm die Hände vom Gesicht.

Sofort war ein Passant zur Stelle. Er nahm mich beim Arm und half mir auf. Ich musste fürchterlich ausgesehen haben. Besorgt fragte er, ob mit mir alles in Ordnung sei. Doch ich brachte zunächst keinen Ton mehr heraus. Ich starrte an ihm vorbei. Die Gestalt lief mit ihrer Angel der Frau hinterher.

Ich wusste, was das bedeutete. Der Tod hatte sie am Haken und würde sie nicht wieder loslassen. Völlig wirr stammelte ich etwas davon, dass ich hier wegmüsste. Hastig packte ich meine Sachen. Dann ging ich mit schnellen Schritten zurück zum Bahnhof. Nur einmal drehte ich mich kurz um. Der Passant sah mir verständnislos hinterher. Der Tod war verschwunden.

Ich fühlte mich völlig fertig. Am ganzen Körper zitterte ich. Meine Knie waren aus Gummi oder Pudding. Ständig hatte ich das Bedürfnis, mich zu setzen. Doch ich zwang mich, stehen zu bleiben. Auf dem Bahnsteig musste ich noch wenige Minuten warten. In meiner Furcht hielt ich Abstand zu allen Menschen, die hier herumliefen oder herumstanden. Immer wieder sah ich mich panisch um, ob nicht doch irgendwo eine große, graue Gestalt herumlief.

Im Zug drückte ich mich in eine Sitzbank und schloss die Augen. Ich musste nachdenken. Den Tod hatte ich vorher doch auch nicht gesehen. Warum hatte ich jetzt diese Angst? Konnte man ihm überhaupt entkommen? Ich wollte nicht geangelt werden. Er hatte mich auch nicht geangelt. Das war die Erkenntnis, an die ich mich klammerte. Er hatte mich nicht geangelt. Diesen Satz wiederholte ich in Gedanken immer wieder. Dann nickte ich kurz ein. Eine Schaffnerin in einer blauen Uniform wollte die Fahrkarten kontrollieren. Sie stempelte kurz meine Karte, und ich ließ meinen Blick nach draußen schweifen. Ich fühlte etwas. Entsetzt riss ich die Augen auf und sprang aus dem Sitz.

An einer Straße, die ein Stück entfernt parallel zu den Gleisen verlief, stand die Gestalt. Sie hatte die Angel neben sich stehen. Mit der freien Hand warf sie ein schwarzes Netz in die vorbeifahrenden Autos. Das Netz glitt durch die Autos einfach so hindurch. Die Gestalt holte das Netz ein und warf es wieder aus. Wieder glitt es durch die Autos.

Mein Genick verkrampfte, als ich das sah. Die Haare im Nacken sträubten sich, und ich hatte das Gefühl einer klirrenden Kälte. Dann waren wir so weit vorbeigefahren, dass ich die Gestalt nicht mehr sehen konnte. Wie erschöpft ließ ich mich wieder auf den Sitz gleiten. Mir war flau im Magen. Und mein Körper schien nur noch aus Pudding zu bestehen. Ich konnte mir nicht mal mehr den kalten Schweiß abwischen, der sich auf der Stirn und hinter den Ohren ansammelte. Ich schloss wieder die Augen. In meinem Rucksack bimmelte der Wecker meines Handys. Ich musste umsteigen.

Nur sehr langsam beruhigte ich mich. Immer wieder schreckte ich auf, weil ich vermeinte, eine graue Gestalt zu sehen. Ich wurde auch wieder vorwitziger. Mit dem ganzen Tag, an dem ich meine Angst sehen können sollte, meinte der Penner offensichtlich nicht, dass ich sie durchgehend sehen würde. Ich mied andere Menschen so gut es ging. An meiner Endstation stieg ich aus. Zügig drängte ich mich an den letzten Fahrgästen vorbei. Den Rucksack nahm ich auf den Rücken. Das letzte Stück musste ich zu Fuß gehen. Zwei Orte weiter. Die Abkürzung durch den Wald. Wie immer. In spätestens einer Stunde würde ich zuhause sein. Abholen konnte mich niemand. Mein Fahrrad war auch kaputt. Es würde mich morgen noch ein paar Stunden kosten, es wieder flott zu kriegen. Am ersten Ort kam ich flott vorbei. Es war inzwischen ziemlich spät. Die Sonne würde bald untergehen. Ich sog die kühle Abendluft ein und machte mich auf den Weg.

Ab und zu blickte ich mich um. Kurz bevor der Weg aus dem Wald führte, recht unromantisch an der Kläranlage vorbei, befand sich der umgefallene Hochsitz eines Jägers. Er war nicht zusammengebrochen, sondern in einem Stück umgefallen. Ich wollte schon ein Foto davon machen und an ein paar Freunde schicken. Mit der Bildunterschrift, dass ein Gewehr auch einen Rückstoß hätte, oder eine Sprechblase in der der Jäger flucht und sagt, er hätte die Tür besser auf die andere Seite gebaut. Ein paar von den Freunden würden das bestimmt witzig finden. Ich guckte hin und lachte kurz bei dem Gedanken. Ein schwarzer Blitz durchfuhr mein Gesicht. Wie angewurzelt blieb ich stehen. Ich hatte nichts gespürt. Aber soeben war die Angelschnur durch mich hindurch gefahren. Voller Angst blickte ich auf. Da stand die Gestalt. Mitten auf dem Weg. Groß und grau. Die Gestalt stellte die Angel ab. Ganz langsam hob die Gestalt den Arm. Eine schwarze Knochenhand wurde sichtbar. Sie drehte dabei nach oben. Mit dem Zeigefinger deutete sie mir, dass ich näherkommen sollte. Entgeistert schüttelte ich den Kopf. Die Gestalt nickte kurz. Ich wusste, dass ich jetzt zu ihr gehen musste. Ich hatte keine andere Wahl. Die Angst presste mir fast die Luft aus den Lungen. An den nach unten gestreckten Armen ballte ich die Fäuste. Ich nahm all meinen Mut zusammen und zwang mich, einen Schritt nach vorne zu gehen. Und noch einen. Und noch einen. Ich schloss die Augen. Ich wusste nicht, ob das meine letzten Schritte sein würden. Ich musste die Gestalt längst erreicht haben. Ich öffnete die Augen. Sie war nicht mehr da. Vorsichtig blickte ich zurück. Ich musste durch die Gestalt hindurchgelaufen sein. Erleichtert ließ ich mich einfach auf den Boden sinken. Hier konnte ich nicht anders und lachte laut los. Vielleicht hatte ich mich gerade meiner größten Angst gestellt. In diesem Augenblick musste die Sonne untergegangen sein.

Bis ich mich aufraffte und die letzten paar hundert Meter bis nach Hause lief, war es schon fast dunkel.

In mir machte sich ein Hochgefühl breit. Zuhause war sonst noch niemand da. Ich ging zu Bett und schlief matt, aber irgendwie zufrieden, ein.

Die Erinnerung an diesen besonderen Tag war da. Doch ich fühlte keine Angst davor. Vielmehr war ich ausgeglichener. Und glücklicher. Ich genoss es einfach, lebendig zu sein. Manchmal dachte ich noch darüber nach. Es war tatsächlich ein Geschenk des Penners gewesen. Und der Tod, zumindest das was ich für ihn hielt, war auch nicht gut oder böse. Er war einfach nur da. Auch die größte Angst ist immer da. Man kann sie nur nie sehen. Normalerweise. Aber das Geschenk selbst war gefährlich. Was wäre, wenn man sich seiner größten Angst nicht stellt? Wahrscheinlich würde man durchdrehen und wahnsinnig werden.

Ein paar Wochen später war ich wieder unterwegs. Diesmal am Rhein entlang. Ich hatte sogar mein inzwischen repariertes Fahrrad dabei. Das war in der Bahn etwas umständlich, aber sonst ganz nützlich. An einer Zwischenstation konnte ich so auch mal schnell in die Altstadt fahren. Für ein Eis war ich zu knickrig. Außerdem war das Wetter nicht unbedingt schön. Hier war alles voller Ausflügler.

Neben dem Eingang zu einer Kirche kauerte jemand. Er war höchstens so alt wie ich und hatte sich zwischen die Kirchenmauer und einen großen Blumenkübel gezwängt. Er war bestimmt nicht so unterwegs wie ich, denn er hatte keinen Rucksack dabei, dafür trug er modische Turnschuhe, blaue Jeans und ein sportliches Polohemd. Ich wurde auf ihn aufmerksam, weil er sich die Augen zuhielt und zitterte. Ich ahnte bereits, dass er auch ein besonderes Geschenk von einem ganz besonderen Penner bekommen hatte. Ich stellte mein Fahrrad ab und machte noch einen Schritt auf ihn zu.

„Hast du das gesehen, vor dem du dich am meisten fürchtest?"

Der Kerl zuckte zusammen. Ich hörte etwas wie ein Schniefen. Dann nickte er leicht mit dem Kopf.

„Willst du darüber reden?"

„Er ist bestimmt noch da. Siehst du ihn?"

Ich verneinte und schüttelte den Kopf. „Was siehst du?"

„Es ist ein Henker. Er hat eine schwarze Kappe über dem Kopf." Er machte eine kleine Pause. „Er legt den Leuten Schlingen um den Hals."

Ich schluckte. „Habe ich auch eine Schlinge um den Hals?"

Er linste kurz zwischen den Fingern vor seinen Augen hindurch. „Nein. Bei allen anderen ist die Schlinge auch abgefallen."

Seine Fingerspitzen waren voller frisch verkrustetem Blut. Er nahm die Hände herunter, hielt die Augen aber geschlossen. Jetzt sah ich, dass sein Hals ganz aufgekratzt und blutig war.

Er schlug die Augen auf und blickte mich mit steinernem Gesicht an.

„Die Schlinge um meinen Hals bekomme ich einfach nicht ab!"

Ich wusste, was das bedeutete.

Martin Hecht

Im Stollen

Es war schon lange vorbereitet. An diesem Samstag wollten wir ein Bergwerk erkunden. Ein Hobbylandwirt, dem wir mal ausgeholfen hatten, hatte uns von dem verlassenen Stollen erzählt, der nur ein paar Schritte weit im Wald lag. Den Stolleneingang, also das Mundloch wurde schon vor vielen Jahren zugeschüttet, doch bei einem starken Regen war da ordentlich was eingesunken. In tagelanger Kleinarbeit war es uns gelungen, von Hand eine Öffnung freizuschaufeln. Durch die konnten wir in dieses unterirdische Reich vorstoßen.

Natürlich waren wir die ersten paar Meter schon darinnen gewesen. Aber diesmal wollten wir mit allen mit Fotokamera und in Gummistiefeln die Gänge erforschen. Ganz stilvoll hatte ich Fackeln dabei. Ich war mir sicher, dass ich hier nicht einmal Fledermäuse stören würde. Mit Peer machte ich mich auf den Weg, während Elias, Benni und Danielo gleich nachkommen wollten. Peer war nicht so der Typ der unter die Erde kriecht. Auch war er zwei Tage zuvor mit dem Fuß umgeknickt, weshalb er es vorzog, vor dem Eingang zu warten und um im Falle eines Falles Hilfe holen zu können. Ich hingegen schnappte mir die Fotokamera und wollte Bilder von den Anderen machen, wie sie in den Stollen hereinkamen. Durch das Loch ließ ich mich über Schutt und Erde nach unten gleiten.

Sofort hörte sich alles dumpf an, und es war deutlich kühler als draußen. Die Wand und die Decke sahen sehr brockig aus. Durch feine Risse in der Decke wuchsen auf den ersten paar Metern noch feine, fingerlange Wurzeln nach unten. Kleine Spinnen trollten sich. Hier war der Stollen bereits so hoch, dass ich bequem darin stehen konnte, ohne mir den Kopf zu stoßen. Der Blick zurück zeigte ein von außen beleuchtetes Loch, dessen Licht sich an den Wänden nach innen verlor. Im Gegenlicht tanzten und schwankten Mücken mit dünnen Flügeln. Ein tolles Bild. Ich machte das erste Foto. Ohne Blitz, versteht sich. Auf der anderen Seite war alles schwarz. Hier entzündete ich eine Fackel. Der Lichtschein der Fackel reichte nicht weit. Das graue Schiefergestein schluckte viel Licht, und wenn sich die Flamme vor meinem Gesicht befand, konnte ich kaum etwas erkennen.

Ich lief ein paar Schritte in den Berg hinein. Wie erwartet gabelte sich hier der Weg. Der etwas kleinere Stollen nach links hatte später eine Verbindung zum Hauptstollen. Das vermuteten wir zumindest. Der Boden war gut zu gehen Es gab kaum Löcher oder Pfützen, und nur vereinzelt lagen Steinbrocken herum.

Die Wachsfackel knisterte. Wahrscheinlich war ein Wassertröpfchen in die Flamme geraten. Die anderen ließen sich reichlich Zeit. Also nutzte ich die Gunst der Stunde und erkundete den linken Stollen, den wir eigentlich für den Rückweg nutzen wollten. Den Rucksack mit den anderen Fackeln und den Fotoapparat ließ ich an der Gabelung zurück. Für die paar Schritte würde ich nichts davon brauchen.

Ein wenig nervös war ich ja schon. Aber auch neugierig. Der Gang führte sehr geradlinig tiefer in den Berg hinein. An einer Stelle war ein kleiner Wassereintritt, der an der Wand einen Überzug aus Sinterstein bildete. Er war zwar wie mit Rost unansehnlich braun verfärbt, aber nahe der Decke hatte sich sogar ein kleiner Tropfstein gebildet. Die Luft war kalt und feucht.

Nun ging eine Art Nische nach rechts ab. Zuerst dachte ich noch, das sei die gesuchte Verbindung zum größeren Gang. Doch nach ein paar Schritten stand ich vor einer Felswand. Hier war Schluss.

Aber nur ein paar Meter weiter ging tatsächlich ein Gang in die gewünschte Richtung.

„Ha!", dachte ich, „Da ist sie! Die Verbindung zum großen Stollen!" Mit einer Mischung aus Triumph und freudiger Erwartung rannte ich fast in den Gang. Die Kälte und Feuchtigkeit nahm ich nicht mehr wahr. Ich stürzte fast und besann mich darauf, im schwachen Licht der Fackel doch besser langsam zu gehen. Dann entdeckte ich auch den Grund für meinen Beinahesturz: Der Gang fiel leicht nach unten ab. Ich leuchtete ein bisschen herum, weil mich sonst irgendwie immer die Flamme der Fackel blendete. Hier war aber nichts Interessantes. Noch nichts. Nur die Luft schien sehr feucht zu sein, denn die Fackel wollte nicht recht brennen. Hier musste etwa der tiefste Punkt sein, denn vor mir stieg der Gang wieder an. Klar, sonst würde er nicht mit dem großen Stollen zusammentreffen. Der Boden war nass, und neben mir, noch tiefer im Berg, tropfte es. Hier ging seitlich ein großer Gang ab, der sich sofort zu einem noch größeren Raum, einer richtigen Halle, auftat. Das war mal eine Entdeckung!

Auf dem Boden stand überall Wasser. Überall spiegelte sich glitzernd der gelbe Schein der Fackel wider. Die flackerte unregelmäßig auf. Das war bestimmt die Feuchtigkeit. Ich bekam auch schlecht Luft.

Hinter mit hörte ich Stimmen und Gelächter. Jetzt kamen die anderen. Jetzt wo ich irgendwo im Berg war. Eindeutig! Stimmen und Gelächter! Das war jetzt blöd, denn ich wollte ja Bilder machen, wie sie den Stollen entlangkommen. Ich hörte Elias herumalbern. Wahrscheinlich hatte er wieder die Stiefel verkehrt herum angezogen und blödelte auf unterstem Niveau. Entenfüße. Ganz toll.

Vor mir blinkte Licht auf. So weit waren sie schon? Ich rief ihre Namen und dass sie auf mich warten sollten. Sie gaben aber keine Antwort und unterhielten sich weiter. Hörten sie mich nicht?

Schnell machte ich ein paar Schritte auf das Licht zu. Dummerweise stieß ich mir dem Arm an der Felswand und schlug mir dabei die Fackel aus der Hand. Sie schrammte noch an der Wand entlang. Dabei spritzten rotglühende Flusen ab, schwebten glimmend zu Boden und verloschen dort. Die Fackel war aus. Ich fluchte. Alles war dunkel und still. Wo waren die anderen geblieben? Ich rief ihre Namen, aber niemand antwortete.

Irgendwo in der Tasche hatte ich mein Handy. Telefonieren konnte man unter Tage zwar nicht, aber als Taschenlampe konnte ich es jetzt gut gebrauchen. Als ich es anmachte, kam sofort der Hinweis, dass der Akku schwach wäre und ich keine Bilder mehr mit Blitz machen könnte.

Was für ein Quatsch! Ich brauchte nur Licht, und der Akku würde reichen, um zweimal durch das ganze Bergwerk zu gehen. Ich tippte auf „Taschenlampe" und sofort war der Raum in ein bläuliches Licht getaucht. Auch die Lampe reichte nicht, um die Halle bis zum Ende auszuleuchten. Trotzdem sah ich mich kurz um.

Im Schein des bläulichen Lichts schimmerte alles etwas silbern. Überall, wo klangvoll Wassertropfen aufkamen, blinkte es. Hier wurde früher mal Silber abgebaut. Das passte ja. Da würden wir später ein paar fantastische Aufnahmen machen.

Ich ging auf einem Knie in die Hocke und hob die Fackel auf. Das Handy machte ich aus und steckte es wieder in die Tasche. Jetzt hatte ich eine Hand frei für das Feuerzeug aus meiner Tasche. Ich zippte es kurz an. Es zündete nicht, aber im Funkenschein erkannte ich vor mir zwei Gummistiefel. Erschrocken fuhr ich zusammen.

Ich keuchte. Gummistiefel. Na klar, Elias hatte sich angeschlichen! Geräuschvoll sog ich die nasse, schwere Luft ein und stellte mich hin. Es kratzte in der Lunge. Ich musste husten. Der Puls in meinen Schläfen fing an zu hämmern. Ich hielt das Feuerzeug vor mich und zündete es an. Und tatsächlich, vor mir erschien das Gesicht von Elias.

„Mann, hast du mich erschreckt!" fuhr ich ihn an. Er grinste nur blöde und sagte nichts. Etwas kam mir komisch vor. Irgendwie sah ich nur sein Gesicht. Ich versuchte herumzuleuchten, da war er verschwunden. Mit dem brennenden Feuerzeug drehte ich mich langsam herum. Hier schwebte das Gesicht von Benni vor mir.

„Ganz schön plump! Ich habe euch schon gehört!" Benni sah mich nur ausdruckslos an. Mit einem spitzen Hauch pustete er mein Feuerzeug aus. Wieder war es stockdunkel.

Ich war verblüfft und verärgert zugleich. Eilig machte ich das Feuerzeug wieder an. Das Gesicht von Benni erschien wieder. Jetzt leuchtete ich mit dem Feuerzeug herum. Das Gesicht von Benni bewegte sich zugleich mit. Ich schwenkte schnell zur Seite. Bennis Gesicht huschte genauso durch die Dunkelheit. Das war doch völlig unmöglich! Ein kurzes Lächeln durchzuckte das Gesicht. Dann war es wieder ausdruckslos. Wieder pustete es mit einem spitzen Hauch das Feuerzeug aus. Das war nicht Benni. Meine Eingeweide verkrampften sich schlagartig. Ich wollte hier heraus! Einfach nur hier fort!

Licht! Ich brauchte Licht! Wo war nur mein Handy? Eben hatte ich es noch! Jetzt war es weg! Mit zittrigen Händen griff ich nach der Fackel. Immer wieder versuchte ich das Feuerzeug anzumachen. War es nass geworden? Da! Jetzt zündete es. Nur langsam fraß sich die Flamme in die Fackel. Aber es klappte. Die Fackel brannte. Das Pochen in meinem Kopf war noch da. Im gleichen Takt leuchtete die Fackel auf. Die Wände schienen zu pulsieren und dabei orangefarben aufzuglühen. Ungelenk stolperte ich aus der Halle und folgte dem Stollen weiter. Er musste doch auf kürzestem Wege nach draußen führen. Erst in den Hauptgang, dann zum Einstieg, den wir freigegraben hatten. Ich war völlig außer Atem und keuchte, obwohl ich nur langsam vorankam. Wo war nur der Ausgang? Die Abzweigung hätte schon längst kommen müssen. Endlich! Die Abzweigung! Jetzt war sie wieder weg! Wo sie eben noch zu sein schien, war nur schiefriger Fels. Ich erstarrte. Ungläubig wischte ich über die kalte Wand. Sie fühlte sich irgendwie schmierig an. Das lag an feinem, feucht gewordenem Staub. Ich fluchte. Das Pochen in meinem Kopf war schier unerträglich. Das Pulsieren der Wand und das Aufglimmen im Fackelschein wurden stärker.

Hinter mir lachte es. Das waren doch Elias, Benni und Danielo.

„Hallo!", rief ich, „Wo seid ihr?" Quälende Sekunden geschah nichts. Mir wurde ganz mulmig. Ich hörte nur mein eigenes Schnaufen.

„Hier sind wir!", ertönte eine Stimme hinter mir aus der Dunkelheit.

„Wir sind immer hier!", raunte mir Danielo ins Ohr.

„Wir warten hier!", hörte ich Benni vor mir. Aber da

war niemand! Ich drehte mich wieder um. Da stand Elias.

„Du kommst hier nicht mehr raus!" Wie aus dem Nichts stand plötzlich Benni neben ihm.

„Du bleibst jetzt bei uns!"

Ich wollte schreien, aber ehrlich gesagt, es war eher ein Heulen. Meine Kehle schnürte sich zusammen. Das konnte doch alles nicht wahr sein! Mein Verstand setze offenbar aus. Ich konnte keinen klaren Gedanken mehr fassen. Mit jeder Faser meines Körpers wollte ich nur noch abhauen. Als ob ich die Gestalten vor mir in Schach halten wollte, torkelte ich irgendwie rückwärts, mit einer Hand immer am Felsen. Die Felswand gab urplötzlich nach und ich fiel in den Hauptgang. Da ging es nach draußen!

Aber die Fackel war mir schon wieder aus der Hand gefallen. Sie kullerte über den Boden und blieb knisternd liegen. Benni erschien in ihrem Widerschein. Verwirrt sah ich hin. Benni lachte und trat die Fackel aus.

„Nein!", schrie ich. Auf allen Vieren krabbelte ich weiter in Richtung Ausgang. Es fühlte sich an, als ob die anderen mich daran hindern wollten. Aber das konnte nicht sein, sie hätten mich ja mit Leichtigkeit festhalten können. Es fühlte sich mehr danach an, als ob ich viele schwere Decken auf mir liegen hätte. Es war so anstrengend. Meine Kräfte schwanden und ich bekam keine Luft. Ich hätte heulen können. Das Hämmern in meinem Kopf hörte einfach nicht auf! Raus! Raus! Dass war der einzige Gedanke, den ich zuließ. Aber in meinem Kopf wurden andere Ge-

30

danken laut.

Verlockende Gedanken.

„Warum strengst du dich so an?"

„Ruh' dich aus!"

„Bleib doch einfach hier!"

„Leg' dich hin."

In Panik schob ich mich immer weiter. Nach endlos zähen Minuten, es waren bestimmt nur Minuten, obwohl sie sich wie Stunden anfühlten, sah ich das schwache, schummrige Licht am Ausgang. Die Last auf meinen Schultern wurde immer weniger. Ich konnte sogar aufstehen, und das letzte Stück rannte ich dorthin. Mit einer Art Brüllen drückte ich mich aus dem Berg und blieb, noch halb im Loch steckend, liegen.

Ich ließ die warme, aber frische Luft in meine Lungen strömen. Hier stand Peer und sah mich mit großen Augen an. Was war in dem Stollen nur geschehen? Jetzt machte sich noch einmal Panik in breit. „Die anderen! Die sind noch da drin! Wir müssen sie rausholen. Peer sah mich nur an, als ob ich nicht mehr alle Tassen im Schrank hätte.

„Die anderen sind hier noch gar nicht angekommen."

Peter Kehrbusch

Der Auszehrer

Was für ein Ferienjob! Er war nicht gerade rentabel, aber spannend. Konstantin machte ihn nicht wegen dem Geld. Zumindest nicht ausschließlich. Schon vor ein paar Jahren wurden beim Bau eines Parkplatzes in der Nähe Ruinen aus dem Mittelalter entdeckt. Im Frühjahr hatten endlich die Ausgrabungen begonnen. Offensichtlich lag auch der Nordrand des mittelalterlichen Friedhofs hier, denn die Archäologen fanden dort direkt ein paar Gräber. Wie Konstantin in ein paar Gesprächen erfahren hatte, will jeder Archäologe Skelette finden. Am besten Schädel mit glänzenden Zähnen. Das will natürlich keiner zugeben.

Eine Handvoll Archäologiestudenten hatte zu Beginn der Grabungskampagne mit Spatel und Pinsel tatsächlich ein paar der Gräber freigelegt. Das war kein Zufall. Vielmehr sorgte das für Schlagzeilen in der Zeitung; sogar Fernsehteams ließen sich blicken. Das war Werbung und sorgte für Bekanntheit, Interesse an den Ausgrabungen, Akzeptanz in der Bevölkerung und Geld. Geld, das dringend nötig war, um die für die Wissenschaft wichtigen Funde ausgraben und erforschen zu können. Das waren mehr die Alltagsgegenstände. Und alles, was sich in einen historischen Zusammenhang bringen ließ.

Natürlich zieht so eine Ausgrabung auch eher ungebetene Gäste an. Von Neugierigen, die unwissend die Grabung stören, über Trophäenjäger, die gerne mal was mitgehen lassen, bis hin zu Raubgräbern. Also wurde das Gelände ordentlich umzäunt und von einem Sicherheitsdienst bewacht. Ansehnliche Funde wurden in der benachbarten Autowerkstatt, die schon seit Jahren leer stand, ausgestellt. Und so kam Konstantin zu seinem Ferienjob. Denn Interessierte konnten mit ihm als Fremdenführer die Ausgrabung bestaunen. Das war erstaunlich beliebt. Die Besucher konnten den Archäologen beim Ausgraben sozusagen live zuschauen. Mögliche Geldgeber wurden natürlich vom Grabungsleiter herumgeführt. Aber Konstantin hatte viel gelernt. Den normalen Besuchern konnte er fast alle Fragen beantworten und immer tüchtig mit seinem Wissen glänzen. Das Trinkgeld dafür durfte er behalten. Das war an den meisten Tagen nicht besonders üppig. Aber manchmal läpperte sich ordentlich was zusammen. Schon zweimal konnte er sogar den Kaffee für die Studenten sponsern. Jedenfalls machte der Job Spaß. Und wenn etwas gefunden wurde, war er immer als einer der Ersten da und konnte es miterleben. Und es war etwas gefunden worden. Etwas, das die Besucherzahlen in ungeahnte Höhen trieb. Sogar die Fernsehteams tauchten wieder auf.

Konstantin hustete. Er hatte wieder mit offenem

Mund geschlafen.

Den Wecker hatte er ziemlich knapp gestellt. Hastig schwang er sich aus dem Bett und streifte sich das T-Shirt mit dem Logo der Ausgrabungskampagne über. Um diese Uhrzeit war er alleine zuhause. Das war angenehm. Niemand der herummeckerte oder irgendwelche Fragen stellte. Schnell nahm er noch einen Schluck Milch aus dem Kühlschrank. Direkt aus der Tüte. Frühstücken brauchte er nicht. Er schnappte sein Portemonnaie, seine Schlüssel, und los ging's.

Mit dem Fahrrad kam er als erstes am Nachbarhaus vorbei. Wie jeden Morgen mühte sich der Nachbar, der alte Herr Horvath, mit seinem Rollator nach draußen. Freundlich winkte er ihm zu. Herr Horvath lachte erfreut. Zurückwinken konnte er nicht. Dazu war er zu wackelig auf den Beinen. Als Konstantin noch kleiner war, hatte Herr Horvath öfters auf ihn aufgepasst. Irgendwann wurde er schwer krank. Als er aus dem Krankenhaus zurückkam, ging es ihm zunächst besser. Doch dann wurde er immer schmächtiger und schwächer. Niemand wusste warum. Konstantin dachte oft an ihn. Aber dann musste er sich sputen, um nicht zu spät zu kommen.

An der Grabung waren die bekannten Gesichter schon da. Mit den Studenten, die hier als billige Arbeitskräfte ihre praktische Arbeit erlernten, war er inzwischen gut befreundet. Mit großem Hallo und erhobenen Kaffeetassen begrüßten sie ihn.

Die Stimmung war gut. Ein Fernsehteam war gerade mit seinen letzten Aufnahmen fertig. Vor dem Eingang standen schon die ersten Besucher. Nur wenige Tage zuvor wurde das Besondere entdeckt. Eines der Gräber war das Grab eines Wiedergängers. Und das entpuppte sich jetzt als Besuchermagnet. Jeder wollte das sehen. Freigepinselte, braune Knochen in der Erde. Allein dieser Anblick übte eine gruselige Faszination aus. Doch das war nicht alles. Denn in den weit geöffneten Kiefern mit seinen glänzenden Zähnen klemmte ein Stein.

„Der Aberglaube von Wiedergängern war im Mittelalter weit verbreitet. Dadurch, dass Krankheiten wie Schwindsucht, also Tuberkulose, oder Krebs, nicht erklärbar waren, dachten die Menschen, dass sich kürzlich Verstorbene noch von der Lebenskraft der Zurückgebliebenen ernähren würden. Diese Vorstellung machte den Leuten so viel Angst, dass sie Gräber wieder öffneten, um nach Spuren zu suchen, die auf einen Untoten hinwiesen. Das waren fehlende Verwesung, Blutaustritt am Mund oder schmatzende Geräusche. All die Sachen, die wir heutzutage erklären können, auch scheinbar gewachsene Fingernägel oder Haare, flößten den Menschen Angst ein. Glaubte man, einen Wiedergänger gefunden zu haben, so versuchte man ihn irgendwie zu bannen. Von anderen Funden wissen wir, dass manche Tote mit schweren Steinblöcken beschwert wurden. Es ging sogar soweit, dass die Körper nochmal getötet oder regelrecht zerstört wurden. In seltenen Fällen wurden die Toten mit Holzpflöcken in ihrem Grab festgenagelt. Das hat sogar der Schriftsteller Abraham Stoker genutzt, als er den Roman Dracula schrieb.

In dem Roman kann ein Vampir mit einem Holzpflock durchs Herz vernichtet werden. Jetzt wissen sie, wo das herkommt.

In den meisten Fällen, bei denen man auf solche Toten stößt, sind die Maßnahmen eher harmlos. Oft genügte es den Angehörigen, die Leiche auf den Bauch zu drehen. Damit diese sich, beim Versuch wieder zu kommen, tiefer in die Erde graben würde. Solche Verwirrungen der Toten finden sich noch heute in manchen Kulturen. Dabei wird der Sarg vor der Beisetzung mehrfach gedreht, damit der Tote nicht zurückfindet. Sicher ist sicher."

Zum Wochenende kamen vor allem Familien und Kurzentschlossene, die erfahren hatten, dass es hier etwas zu sehen gibt. Unter der Woche waren es Interessierte und Hobbyforscher. Manche Sensationstouristen konnten sich daran gar nicht satt sehen.

Vor allem freitagnachmittags kamen neben ein paar verfrühten Kneipenbummlern die richtig abgefahrenen Typen. Blasse Leute in schwarzen oder dunkelroten Klamotten, schwarz lackierten Fingernägeln, Liedschatten, Ringen in Drachenform, Totenkopfanhängern an Halsketten und Tätowierungen, die ein Vermögen gekostet haben mussten. Konstantin waren das die liebsten Kunden. Bei schwarzem Humor gaben sie gerne und viel Trinkgeld. Sie stellten besonders krasse Fragen, bei denen er auch nicht immer ernst bleiben konnte. Besonders gerne hörten sie die Parallelen zu den Vampiren.

„Der irische Schriftsteller Abraham Stoker erfand mit seinem Roman Dracula den Vampir, wie wir ihn heute kennen. Das war aber erst 1897! Die Handlung seines Romans verlegte er relativ spät von der Steiermark nach Transsilvanien. Es wird angenommen, dass er sich dabei an ein historisches Vorbild anlehnte, nämlich Vlad III. Draculea, auch genannt Vlad, der Pfähler. Der kämpfte sozusagen im Alleingang um 1461 gegen das osmanische Heer und fügte ihm empfindliche Niederlagen zu. Die Gegner ließ er in großer Zahl pfählen. Ein Holzschnitt aus dem Jahr 1499 zeigt ihn beim Speisen, während im Hintergrund gepfählte Leiber stehen und ein Henker mit einer Axt weitere Körper zerhackt. Das mit dem Essen soll wohl besonders grausig wirken. Das Pfählen habe also nur der Unterhaltung während einer Mahlzeit gedient. Aber sind wir ehrlich. Das Pfählen von mehreren Tausend Osmanen dauert eben. Da kriegt man irgendwann Hunger. Irgendwann wird man sogar mal aufs Klo müssen."

Vor allem die männlichen Gruftis oder Gothics, wie sie sich selbst nannten, fuhren voll auf sowas ab. Bei denen konnte man sich aus dem Fenster lehnen. Bei Familien mit Kindern vermied Konstantin solche Scherze.

„Das Trinken von Blut hat Stoker hinzugedichtet. Es wirkt glaubhaft, denn Blut als Lebenssaft hat eine kultische Bedeutung. Göttern bringt man Blutopfer. Durch das Trinken von Blut geht Lebenskraft in einen über, auch das Baden in Blut hat seine Deutungen."

Manchmal ließ er die Ausführungen zu Dracula weg. Aber dann fragten die Besucher danach.

„Aus dem südosteuropäischen Raum sind tatsächlich bis heute Sagen über Wiedergänger bekannt. Sie heißen auch nicht unbedingt Vampire. Sie kehren wieder und schaden vor allem ihren Verwandten. Nur Blut saugen diese Vampire nicht. Vielmehr saugen sie den Lebenden die Lebenskraft aus.

Dabei müssen die Wiedergänger nicht unbedingt umherwandern, wie man sich das jetzt ausmalen könnte. Nach bestimmten Vorstellungen konnten bzw. können diese Nachzehrer oder Auszehrer durch das Öffnen des Mundes die Lebenskraft aussaugen. Angeblich genügt es, dass sie dabei an die auszuzehrende Person denken."

Spätestens jetzt stellte sich Konstantin an den Kopf des ausgegrabenen Toten.

„Dieses Auszehren konnte man verhindern, indem man den verdächtigten Toten mit einem großen Stein den Mund stopfte."

Nun zeigte er auf den Steinbrocken zwischen den Kiefern des Skeletts.

„Das heißt, sie haben hier sozusagen einen echten Vampir vor sich. Natürlich können wir nicht sagen, dass dieser Tote einmal ausgezehrt hat. Aber wir können absolut sicher davon ausgehen, dass dieser Stein nicht zufällig zwischen die Zähne kam. Er wurde damals also für einen Vampir gehalten."

Das Skelett war natürlich genau vermessen, gescannt und sogar durchleuchtet worden. Deshalb durfte er auch durch die Absperrung hindurchgreifen und mit einem Handschuh den Stein aus der Fundstelle nehmen. Der Grabungsleiter sah das nicht gerne, aber der Effekt war es wert. Die Studenten fanden es witzig.

„Die Bedeutung des Steins ist nicht ganz geklärt. In der einen Auffassung wird auf diese Weise verhindert, dass der Vampir etwas durch seinen Mund aufnimmt. Nach der anderen wird so verhindert, dass die Seele durch den Mund wieder in ihren Körper zurückfindet und ihn so zu einem Untoten macht."
Spätestens jetzt fragte immer einer der Besucher, was er denn denke, was stimmt. Dann griff Konstantin nach dem Stein.

„Ich denke, er saugt!"
Der plötzliche Anblick des weit geöffneten, leeren Kiefers ließ einmal eine etwas zart besaitete Frau so zusammenzucken, dass sie von ihrem Mann aufgefangen werden musste. Auch ein Kind fing mal an zu schreien. Schnell steckte er dann den Stein zurück. Genauso, wie er vorher zwischen den Zähnen stak.

Was kaum keiner wusste war, dass der Stein nicht mehr echt war. Das Original war längst zur Untersuchung in einem Institut. Er war durch eine Kopie aus einem 3-D-Drucker ersetzt worden. Genaugenommen hatte seit dem das Skelett gar keinen Stein mehr im Mund.

Der Vampir war natürlich die Hauptattraktion. Dabei konnte Konstantin die Besucher auch durch freigelegte Mauerreste führen. Ein eingestürzter Keller enthielt zum Beispiel die Reste eines Fasses. Das war durchaus etwas Besonderes, denn das Holz war gut erhalten. Für die Archäologen war das eines der interessantesten Fundstücke. Aus den Jahresringen im Holz konnten sie ablesen, aus welchem Jahr das Fass stammte, dann wie es gebaut wurde und welche Werkzeuge dafür benutzt wurden.

Der Keller lag direkt auf der anderen Seite der ehemaligen Friedhofsmauer. Das Haus über dem Keller musste einem Feuer zum Opfer gefallen sein, denn einer der Archäologiestudenten, den Konstantin inzwischen ganz gut kannte, kratzte in den verkohlten Resten von dem zusammengestürztem Fachwerk einen kleinen Kupferkessel frei.

Das war ein unansehnlich grün verfärbtes, zusammengedrücktes Ding mit vom Kupfer genauso grün verfärbten Kaninchenknochen darin. Davon war der Student ganz begeistert. Der Student war ziemlich dick und schwitzte die ganze Zeit in der Sommerhitze. Seine schwarzen Haare waren mit Gel gebändigt. Genauso wie sein kleiner, schwarzer Schnurrbart, den er an den Enden nach oben gezwirbelt hatte. Das sollte wohl sein Markenzeichen sein. Er hatte sich einen Sonnenschirm aufgestellt, um wenigstens etwas Schatten abzubekommen.

Konstantin sah ihm interessiert zu. In der Mittagspause war sowieso nichts los, und sonst war keiner da. Freitagmittags war das normal, denn von den Ausgrabungsleuten wollten alle ins Wochenende. Oder nach Hause.

Irgendwann hatte er genug gesehen. Er zog sein Hemd aus und legte es sich über das Gesicht. So konnte er ein Nickerchen machen. Das hielt etwas die Sonne ab. Und niemand sah dabei sein Gesicht.

Dem Vampir nahm er gerne mal die Steinkopie aus dem Mund und spielte damit. Fangen und Werfen, Kreiseln lassen. „Das Skelett schläft mit offenem Mund", dachte er. „Genau wie ich."

Der Wecker in seinem Handy piepte. Er musste den Eingang wieder öffnen. Schnell steckte er die Steinkopie wieder zurück. Eigentlich war ja der Mund bereits seit Tagen nicht mehr verstopft. Zumindest nicht mit einem Stein.

Es waren keine Besucher zu sehen. Also ging er wieder zu dem Studenten. Der machte kurz Pause und trank ausgiebig aus einer Sprudelflasche. Die Ausgrabung würde ihn sehr schlauchen, sagte er. Abend wäre er immer völlig ausgelaugt. Morgens ginge es dann wieder. Er hätte in den letzten zwei Wochen ziemlich abgenommen. Vor allem in den letzten paar Tagen. Konstantin grinste ihn an und meinte, das würde man gar nicht sehen. Daraufhin bekam er das restliche Wasser aus der Sprudelflasche übergeschüttet. Der Ausgräber moserte zurück, dass Konstantin dafür ein klein wenig zugelegt hätte.

Die Besucher führte er auch durch die kleine Ausstellung in der umfunktionierten Autowerkstatt. Hinter Glas konnten sie dort einige der Fundstücke bewundern. Das waren vor allem Keramikscherben, Nägel und Werkzeuge. Das Prunkstück war eine im Vergleich junge Silbermünze in einem eigenen Glaskasten mit Beleuchtung. Einer der anstrengendsten Besucher musste ein Münzsammler oder so was gewesen sein. Der fragte ihn Dinge, die ein normal

Sterblicher nicht wissen konnte. Eine der Studentinnen war zufällig da und sprang ein. Seitdem kannte er den Feinsilbergehalt der Münze und wusste, dass 2/3 Taler einen Gulden ergeben. Zumindest galt das für diese Münze, weil sie nach 1667 geprägt worden sei. So ein Besucher gehörte doch ausgesaugt. Trinkgeld gab er keines.

Die Studentin mit dem Wissen über Münzen war schon seit Anfang der Woche krank. Angeblich mit einer Sommergrippe. Es habe sie heftig erwischt. Hoffentlich ging es ihr bald besser. Er dachte gern an sie und freute sich immer, wenn sie ihn anlächelte. Oft wurde er dann ganz rot im Gesicht, und seine Ohren fingen an zu glühen.

Dann war er so gut wie allein mit dem Skelett. Wie schon oft. Fast andächtig nahm er ihm den Stein aus dem Mund. Schweigend stellte sich Konstantin davor. Ausdruckslos blickte er auf den Schädel. Der schaute mit seinen leeren Augenhöhlen zurück, die Kiefer weit geöffnet und mit glänzenden Zähnen. Doch sonst geschah nichts. Hatte Konstantin erwartet, dass ein leises Geräusch wie von strömender Luft ertönen würde? Lange starrte er so auf den Toten. Es war ein männliches Skelett. Das hatte man inzwischen herausgefunden. Die Theorie von einer Hexe war damit vom Tisch. Doch das wusste Konstantin bereits.

„Ich muss mit dir reden. Mit keinem sonst kann ich das. Zumindest nicht darüber."

Immer noch schaute der Schädel mit seinen leeren Augenhöhlen zurück. Die Kiefer mit ihren glänzenden Zähnen waren immer noch regungslos geöffnet. Konstantin begann wieder leise zu sprechen.

„Es geht um Kirstin, die Studentin mit den Münzen. Das ist keine Sommergrippe. Das ist die Auszehrung. Ich weiß es. Aber die anderen hier würden mir nicht glauben. Sie würden mich für verrückt halten. Doch es ist viel gefährlicher. Wenn das nicht aufhört, wird sie sterben. Ich will aber nicht, dass sie stirbt."

Der Schädel schwieg beharrlich.

„Es sind schon zu viele, an denen gezehrt wird. Irgendwann fällt es auf. Das darf einfach nicht passieren."

Der Student mit dem Kupferkessel jubelte. Konstantin schreckte auf. Hastig steckte dem Skelett den Kunststein wieder zwischen die Zähne. Kein ewiger Sein. Nur Kunststoff. Er sammelte sich kurz, zog seine Kleider zurecht und atmete tief durch. Dann ging er zum Studenten. Der hatte gerade erfolgreich den Kupferkessel geborgen. Am Eingang trudelten auch schon wieder Besucher ein. Diesmal waren keine Gruftis dabei.

„Offensichtlich hielt man die Verstorbenen nicht für böse oder niederträchtig. Vielleicht war es etwas, das als nicht kontrollierbar galt. Vielleicht wie eine Krankheit. Woher kommt überhaupt diese Vorstellung, dass ein Auszehrer, also ein Vampir, nur an jemanden denken musste, um ihm zu schaden? War es vielleicht der letzte Gedanke? Oder hat es ein Auszehrer selbst mitgeteilt? Manches ist vielleicht nie zu klären. Aber in jeder Legende steckt bekanntlich ein Fünkchen Wahrheit."

Die letzten Besucher waren gegangen. Außer ihm und dem Wachdienst war kurz vor dem Schließen keiner mehr da.

Der echte Stein aus dem Vampirmund stammte von einem größeren, zerschlagenen Brocken, der von den Archäologen noch unerkannt herumlag. Konstantin nahm sich davon ein etwa hühnereigroßes, weiteres Bruchstück. Das würde sicher niemand bemerken. Jetzt hatte er auch so einen Stein für den Mund.

Die Archäologen lagen etwas falsch mit ihren Annahmen. Er wusste es besser. Er wusste, warum das Skelett den Stein im Mund hatte. Vorsichtig nahm er dem Skelett die Steinkopie aus dem Mund. „Das hattest du nicht verdient", flüsterte er leise. „So lange ist es her. Du warst ein guter Körper."

Der Schädel lag immer noch regungslos da und sagte nichts. Vorsichtig sah sich Konstantin um, ob er wirklich alleine war.

„Du wolltest niemandem schaden. Du selbst hast dir den Stein in den Mund gesteckt. Du bist lieber verhungert, als dass du jemanden ausgezehrt hast. Ich will aber nicht verhungern."

Er drehte sich um und ging. Für heute war Feierabend. In der Tasche trug er den Stein. Heute Nacht würde er ihn sich in den Mund stecken. Denn sein Nachbar, der Herr Horvath, musste wieder zu Kräften kommen. Er mochte ja Herrn Horvath. Und die Studentin mit den Münzen auch.

Peter Kehrbusch

Die Abkürzung

Das war mit Abstand das Merkwürdigste, vielleicht sogar das Gefährlichste, was uns je passiert ist. Wir waren zu viert unterwegs. Simon, Timo, Lars und ich. Es war nur ein Tippel über wenige Tage. Wir hatten uns eine schöne Gegend herausgesucht, und da lief tatsächlich ein Pilgerweg mitten hindurch. Ein Teil des Jakobsweges. Natürlich wollten wir nicht nach Santiago de Compostela, aber wir entschieden, dem Weg einfach mal ein Stück zu folgen. Warum auch nicht?

Es war Sommer, warm und kein Regen gemeldet. Also hatten wir nur leichtes Gepäck. Nicht einmal eine Kohte hatten wir dabei. Wir beschränkten uns auf eine Plane und ein paar Seile zum Abspannen. Wir waren kaum unterwegs, da stellten wir fest, dass der Pilgerweg einen deutlichen Umweg machte. Dort befand sich nur eine ziemlich unbedeutende Kapelle. Was machte die so wichtig, dass man den Weg extra dort vorbeiführte? Für uns war sie nicht interessant, also beschlossen wir, eine Abkürzung zu nehmen. Außerdem waren uns bereits einige seltsame Zeitgenossen, vermutlich Pilger, begegnet. Da kam uns diese Abkürzung gerade recht. Da würde viel weniger los sein, der Weg war kürzer und vor allem schöner. Auf der Karte sah es dort auch nach vielen flachen Stellen für ein mögliches Nachtlager aus. Doch zuvor folgten wir dem Pilgerweg noch einige Kilometer. Am Mittag machten wir im Schatten großer Eichen am Wegesrand eine Rast.

Dort begegnete uns ein anderer Wanderer. Ich muss von ihm erzählen, denn nur so ergibt das alles wenigstens ein bisschen Sinn. Der war kein Pilger. Zuerst waren wir auch etwas distanziert. Er war etwas älter als wir, etwas blass und studierte angeblich Informatik. Er fragte, ob er sich zu uns gesellen dürfte und packte ebenfalls etwas Essen aus. Jedenfalls kamen wir dann ins Gespräch. Er würde Geocaching betreiben und normalerweise wäre er mit ein, zwei Kumpels unterwegs. Doch die hätten diesmal keine Zeit.

Vielleicht könnte er hier ein Rätsel lösen, denn früher sind in der Gegend immer wieder Pilger spurlos verschwunden. Man vermutet, dass sie sich in dieser einsamen Gegend verirrt hatten oder einem Verbrechen zum Opfer gefallen sind. Er würde ja Verbrechen und sogar wilde Tiere ausschließen, weil die Pilger über so lange Zeit hinweg verschwunden wären. Es könnte ja sein, dass sich hier eine Felsspalte im Boden befände, wo all die Leute hineingestürzt wären. Aber in dieser Gegend gäbe es keine Höhlen oder Bergwerke. Die letzten Fälle wären erst wenige Jahrzehnte her gewesen. Zufällig hatte man mal

Gepäck gefunden, aber nie eine Leiche. Zu ihrem Gedenken habe man dann eine Kapelle gebaut, die „Heilige Jungfrau Maria auf dem Steine".

Er wäre auf der Suche nach dem, wie er sagte „mystischen Ort". Das wäre alles so unglaublich spannend. In der Kapelle sei nämlich eine Darstellung von einem gekreuzigten Jesu auf einem kleinen Felsen. Obwohl es doch „Heilige Jungfrau Maria" hieß. Das waren alles Ungereimtheiten. Und dann die Sache mit „auf dem Steine". Sollte der Golgatha symbolisieren, der Berg, auf dem Jesus gekreuzigt wurde? Oder war das eher ein vorzeitlicher Menhir, der irgendwie bei der Kapelle zu finden sein müsste? Am Merkwürdigsten aber wäre ein Spruch, der in der Kapelle an der Wand stünde: „Wer hier sucht, der wird nicht finden und wer hier findet, der sucht nicht mehr". Niemand könnte den Spruch richtig deuten. Für mich hörte sich der Spruch falsch an.

„Heißt das nicht ‚Wer suchet, der findet'?"

„Ja, und ‚wer scheisset, der'..."

„Lars!"

Heute glaube ich, dass der merkwürdige Spruch eine Warnung war. Wir verabschiedeten uns herzlich und wünschten ihm viel Glück. Für uns klang das alles mäßig spannend, und wir zogen die Abgelegenheit vor.

Der Weg, den wir suchten, war schwer zu finden. Die Stelle auf der Karte liefen wir mehrmals ab, bis wir die Abzweigung fanden. Schon vor vielen Jahren musste ihn jemand unkenntlich gemacht haben, denn der Anfang war zugewachsen und mit Ästen,

auf den Weg gezogenem Gestrüpp und alten, abge-
schnittenen Baumkronen blockiert. Schon nach wenigen zehn Metern ließ es sich auf dem Weg gut
laufen. Er entsprach all unseren Erwartungen. Offenbar waren wir seit langer Zeit die ersten, die wieder hier entlangliefen. Der Weg führte immer tiefer
in eine Senke hinein und schließlich gab es nicht einmal mehr Empfang fürs Handy.

Was dann geschah, weiß keiner mehr. Das erste, an
das ich mich wieder erinnern kann, ist, dass ich wach
wurde. Ich lag auf dem Bauch, und mit tat alles
weh. Ich musste mitten auf mein Gesicht gefallen
sein. Mein Mund war voller Dreck. Es schmeckte
fürchterlich nach Erde und nach Eisen. Ich spuckte
alles aus. Meine Lippe war ein bisschen aufgeplatzt,
und ein paar Tropfen Blut klebten daran. Deswegen
schmeckte ich Eisen. Mühsam rappelte ich mich auf.
Dann klopfte ich mir die Kleider ab und schüttelte
den ganzen Dreck aus den Haaren. Ich war völlig
zerschunden, dreckig und voller blauer Flecken. Sogar meine Augen brannten. Was war passiert? Wie
kam ich hierher? Wo war ich überhaupt? Verwirrt
sah ich mich um. Sonst war niemand da. Aber unser ganzes Gepäck lag hier. Die Plane und die Seile
lagen auch hier, aber es war noch nichts aufgebaut.
Eine Feuerstelle war eingerichtet, aber schon abge-
brannt. Daneben lag noch ein wenig Brennholz. Aus
dem Aschehaufen stieg nur noch ein kleines Rauch-
wölkchen auf. Es war noch vor Sonnenaufgang, aber
es musste viel Zeit vergangen sein, denn der Mor-

gen dämmerte. Was war die letzte Nacht geschehen? Ich konnte mich an nichts erinnern. Wo waren die Jungs? Etwas verunsichert rief ich immer wieder nach ihnen. Niemand antwortete. Ich lief herum, konnte aber keine Spur von den anderen entdecken. Ich nahm einen Schluck aus der Wasserflasche und beschloss, meine Freunde zu suchen. Vorsichtshalber machte ich mein Fahrtenmesser griffbereit. Zuerst blieb ich in Sichtweite zu unserem Lagerplatz. Zumindest da, wo unser Gepäck lag.

Immer wieder rief ich ihre Namen und „Wo seid ihr?!"

Niemand antwortete. Ich zog immer größere Kreise und kehrte zwischendrin immer wieder zum Lagerplatz zurück. Vielleicht hatte einer der anderen inzwischen zurückgefunden. An einen noch so derben Scherz glaubte ich nicht. Hier war irgendetwas geschehen, was kein Spaß war. Ich verharrte einen Moment, bevor ich weitersuchte.

Dann fand ich Simon.

Er kniete vor einem kleinen, eher unscheinbaren Felsen und starrte ihn an. Ich zögerte und blieb stehen. Etwas stimmte hier nicht. Ich sah mich um.

Der Felsen vor Simon war konisch oder zapfenförmig und höchstens schulterhoch. Um ihn herum waren viele kleine Haufen, wie große Maulwurfhaufen, die um den Stein herum sogar einen unebenen, buckligen Wall bildeten.

Simon kniete auf diesem Wall und starrte offenbar willenlos auf den Felsen. Ich rief seinen Namen, doch er zuckte nicht einmal mit der Wimper. Also ging ich vorsichtig zu ihm hin. Der Boden war mit Moos und Laub bedeckt. Es knirschte und knackte bei jedem Schritt. Simon starrte immer noch unverwandt auf den Stein. Ich stupste ihn an.

Er tat nichts.

Ich stellte mich zwischen ihn und den Felsen. Da kam plötzlich Bewegung in ihn. Er versuchte an mir vorbei zu schauen. Doch er sagte nichts. Als nächstes versuchte ich ihn wegzuziehen. Jetzt wehrte er sich, kniete sich wieder hin und starrte auf den Stein.

Hinter mir hörte ich etwas. Ich fuhr herum. Waren da die anderen? Wieder rief ich deren Namen. Wieder erhielt ich keine Antwort. Aufgebracht lief ich dorthin, wo ich die Geräusche gehört hatte, doch da war niemand. Als ich zum Felsen zurückkehrte, war plötzlich Timo auch dort. Auch er kniete vor dem Felsen und starrte ihn an. Ich sprach, nein, ich schrie Timo an. Er flüsterte abwesend nur: „Siehst du das denn nicht?" Ich sah ihn nur fragend an. Aber ich fühlte mich plötzlich gut. Selig könnte man sagen. Der Stein fing scheinbar an zu leuchten. War das Einbildung? Oder war das echt? Ich sah hin, da erblickte ich im Augenwinkel Lars, der nun ebenfalls vor dem Felsen kniete. Die Erkenntnis traf mich wie ein Schlag: Das hier war eine Falle! Weg hier! Wer hier saß, der kam nicht mehr weg!

Ich wollte jedenfalls nicht vor dem Felsen enden! Schnell drehte ich meinen Kopf zur Seite und machte einen Satz nach hinten. Doch da war in mir so ein unheimlicher, starker Sog, der mich irgendwie zum

Felsen hinzog. Etwas faszinierte mich. Meine Gedanken wurden langsam. Mein Kopf fühlte sich irgendwie watteartig an. Ich fühlte einen Drang, mich zu setzen und wieder hinzusehen. Langsam ging ich in die Knie. Doch noch funktionierte mein Gehirn. Noch war ich bei Sinnen. Schnell sprang ich auf und lief weg. Ich wusste nicht wohin. In Panik stolperte ich immer wieder, konnte mich aber jedes Mal wieder fangen. Umherirrend fand ich dann unseren Lagerplatz. Schnell schüttete ich mir Wasser aus einer Trinkflasche ins Gesicht. Trotzdem fühlte ich mich benommen. In mir wuchs das unbändige Verlangen, zurückzukehren. Aber das war gefährlich! Was ergriff da von mir Besitz? Würde mich der Stein auch fangen? Ich wusste nicht, was ich tun sollte. Hilfe holen? Aber wie? Das Handy hatte keinen Empfang, und bis zum richtigen Weg war es weit, und es war ja fast noch Nacht. Wer ist da schon unterwegs? Außerdem konnte ich doch die anderen nicht einfach so im Stich lassen!

Ohne es zu wollen, war ich aufgestanden und in Richtung Felsen gelaufen. Ich blieb stehen, schüttelte mich, atmete tief durch und lief zurück zum Lagerplatz. Was war hier los?

Ich musste irgendwie bei Verstand bleiben. Die einzige Idee, die ich hatte, war zu singen. Etwas Einfaches, Eingängiges. Das erste Lied, was mir in den Sinn kam war „Dämmert von fern", unser Lied vorm Frühstück sozusagen. Das kurze Nachdenken, wie der Text lautete, verdrängte die Idee, zum Felsen zu gehen. Ich sang lauter. Beim Singen konnte ich wieder einen klaren Gedanken fassen.

Jetzt hatte ich einen Plan. Simon konnte ich schon einmal ein Stück vom Felsen abdrängen. Das wollte ich noch einmal versuchen. Diesmal aber richtig. Ich wollte schnell hinrennen und ihm irgendwie die Arme und Beine so zusammenbinden, dass er sich nicht loswinden konnte. Anschließend wollte ich ihn mit dem Abspannseil unserer Plane vom Felsen wegziehen. Ich fühlte, dass ich mich beeilen musste. Mit zittrigen Händen griff ich nach den Seilen. Da sah ich unseren Hordentopf. Den rußigen Aluminiumtopf trugen wir immer in einem Beutel aus schwarzem Tuch, damit das andere Gepäck nicht schmutzig wurde. Der Beutel passte auch über einen Kopf. Vielleicht würde ich ihn brauchen. Jetzt stopfte ich die Seile hinein. Dann würde ich unterwegs keines verlieren.

Es sah so unwirklich aus. Aus gebührendem Abstand blickte ich zum Felsen. Alles war still und friedlich. Dort stand der Felsen. Um ihn herum knieten die anderen. Simon sah etwas zusammengesunken aus, Timo und Lars saßen sich fast gegenüber. Alle starrten den Stein an. Mir wurde noch mulmiger. Was wäre, wenn ich jetzt auch vor dem Felsen knien blieb? Ich nahm all meinen Mut zusammen und rannte hin. Noch im Anhalten kippte ich den Beutel aus. Schnell griff ich nach einem der kürzeren Stricke und begann Simon die Hände zusammenzubinden. Alles fühlte sich so leicht an. Als ob ich schwebte. Ich griff nach dem nächsten Seil. Dabei blickte ich Simon ins Gesicht. Sein Kinn war auf seine Brust gesunken und mit leerem Blick schielte er immer noch auf den Stein. Der schien jetzt in einem warmen Licht zu leuchten. Ich zwang mich nicht hinzusehen. Meine Bewegungen wurden langsamer.

„Verflucht!", dachte ich, „Jetzt erwischt es mich auch!" Ich presste die Augen zusammen und begann wieder zu singen. Dann griff ich nach dem Beutel und stülpte ihn mir über den Kopf. Blind fädelte ich das große Seil unter den Achseln von Simon durch und band einen Palstek. Das Lied. Von vorne!

„Dämmert von fern ..." Mit der Rettungsschlinge um seine Brust wollte ich ihn gleich wegziehen.

„... über Hügeln der Morgen." Jetzt die Beine an den Knöcheln.

„Geht durch das Lager der Weckruf der Posten." Der Knoten wollte nicht halten. Ich musste ihn noch einmal binden.

„Auf, Kameraden, sattelt eure Pferde, weiter geht unser Ritt über die rote Erde." Es gelang wieder nicht! Kurzentschlossen riss ich mir den Beutel vom Kopf und stültpe ihn Simon über. Ich kniff die Augenlieder zusammen und ließ nur einen schmalen Spalt, sodass ich gerade noch meine am Strick nestelnden Fingerspitzen erkennen konnte. Jetzt sang ich so laut ich konnte. Dann hielt der Knoten! Ich sprang auf, um nach dem Seil zu greifen. Dabei drückten sich meine Füße krachend in den Boden und ich stürzte. Bei dem Versuch, mich mit den Händen abzufangen, schob ich Moos und Laub weg. Entsetzt sprang ich auf. Auch mit den Füßen hatte ich den losen Untergrund freigelegt. Dieser Wall, diese Haufen bestanden aus Knochen, Schädeln und Zähnen. Gelblich braun, wenn sie tiefer lagen, hell und algengrün, wenn sie oben lagen. Dazwischen waren Kleidungsreste, Schuhe, Uhren, Brillen und etwas, das wie ein vergammelter Rucksack aussah. Schlagartig wurde mir klar, warum alles knackte und knirschte, wenn man hier herumlief. Das war das Geräusch von brechenden, alten Knochen. Und die Häufchen waren keine Häufchen, das waren die vermissten Wanderer! Sie wurden gesucht und nie gefunden. So wie es der Spruch in der Kapelle sagte. Und die, die hier lagen, suchten auch nicht mehr! Dieser seltsame Spruch bekam plötzlich einen Sinn! „Ich kann noch klar denken!", schoss es mir durch den Kopf und gleich hinterher: „Ich muss hier weg!" Schnell sprang ich zum Seil und zerrte Simon unsanft um. Ich brüllte wie ein Stier und zog so fest ich konnte, bis ich den sich am Boden windenden Simon ein Stück vom Felsen weggezogen hatte. Er lag nun völlig schlaff auf der Erde. Ich band das große Seil los, schulterte ihn und trug ihn zum Lagerplatz. Erschöpft setzte ich ihn ab und sank neben ihm im auf den Boden. Ich schwitzte. Mein Körper schien mir nicht mehr gehorchen zu wollen. Ich lächelte, obwohl ich nicht wollte, dann zuckte das ganze Gesicht. Mir war übel, und ich hatte Durst. Wie sollte ich die anderen nur vom Felsen wegbringen, geschweige denn von hier weg? Simon hustete und murmelte, die Augen täten ihm weh. Mit zitternden Händen verband ich ihm mit seinem Halstuch die Augen und verzurrte die Seilenden hinter seinem Rücken an einem Baum. Trotz aller Anstrengung erholte ich mich zusehens.

„Ich bin gleich wieder da". Ohne groß nachzudenken schnappte ich ein paar neue Stricke und den Beutel und machte mich auf den Weg zu Timo und Lars. Beim Ankommen atmete ich kurz durch. Dann rannte ich das letzte Stückchen zu Timo, duckte mich aber hinter seinem Rücken. Bloß nicht zum Stein gucken!

„Staub wirbelt auf, dumpfes Prasseln der Hufe." In Windeseile hatte ich seine Hände und Füße gefesselt und das Seil unter seinen Achseln durchgefädelt. Als ob ich nie etwas anderes getan hätte, stülpte ich ihm den Beutel über, schnappte das Seil und zog wie besessen. Er fiel mit einem dumpfen Aufschlag um und wehrte sich heftiger als Simon. Doch ich zog ihn unbarmherzig weiter, bis er aufhörte, sich zu wehren. Dann schulterte ich auch ihn und trug ihn zurück. Da war ich schon das zweite Mal bei „... zwinge die rote Erde!" Ich ließ ihn neben Simon lallen. Der regte sich.

„Halte Timo fest!" Simon wollte sich aufrichten.

„Warum bin ich gefesselt?" Schnell machte ich ihn los. Die Stricke würde ich ja für Lars brauchen.

„Es ist etwas passiert. Halte einfach Timo fest, und wenn dir etwas merkwürdig vorkommt, dann fang an zu singen! Vertrau' mir einfach!"

Auch Timo verband ich die Augen mit seinem Halstuch. Ihm würden sicher auch die Augen schmerzen. Schnaufend machte ich mich auf den Weg, um Lars zu holen.

„Jeder der Reiterkameraden mir zu Seite ...“

Der Beutel war über seinem Kopf und ich zog. Auch Lars fiel mit einem dumpfen Schlag nach hinten um. Doch nun schwanden meine Kräfte. Ich schaffte es einfach nicht ihn weiter wegzuziehen. Vor Verzweiflung schossen mir die Tränen in die Augen. Ich prügelte auf Lars ein und schrie ihn an, dass er sich gefälligst nicht so schwer machen solle. Ich hieß ihn alles zusammen, was mir an Verwünschungen und Beleidigungen einfiel. Dann stöhnte er und blieb liegen. Unter Aufbringung meiner letzten Kräfte nahm ich ihn auf die Schulter und bugsierte ihn schwankend durch den Wald. Bis zu den anderen beiden am Lagerplatz. Simon war wieder eingeschlafen, aber Timo hatte die Fesseln abgestreift und zog sich an einem Baum hoch. Sein Halstuch hatte er sich heruntergerissen. Kaum war ich da, torkelte er los und stammelte etwas wie: „Seht ihr es denn nicht?“ Da wusste ich mir nicht mehr zu helfen und sprang ihn mit aller Wucht an. Davon wurde er umgestoßen und fiel der Länge nach hin. Er machte keine Anstalten sich abzufangen und landete unsanft mit seinem Gesicht auf dem Boden.

Ich erschrak. Genau so hatte auch ich auf dem Boden gelegen. Genau so war ich wachgeworden. Auf dem Gesicht und mit Dreck im Mund. Hatten mich die anderen zuvor schon mal gerettet? War ich zuvor schon mal an dem Stein hängengeblieben? War ich der erste? Wie lange ging dieses Spiel schon? Das spielte alles keine Rolle mehr. Wir mussten weg von hier! Und zwar so schnell wie möglich.

Eilig packte ich alle Sachen. Nur das lange Seil, das beim Felsen lag, holte ich nicht. Das war mir zu gefährlich. Dann weckte ich Simon. Der war immer noch stark benommen, doch er konnte mir helfen, die anderen beiden irgendwie aufzupäppeln und das Gepäck aufzunehmen. Ich verband allen die Augen. Dann nahmen wir uns bei den Händen, sodass wir hintereinander laufen konnten. Wir stolperten mit mir, dem Sehenden, ganz vorne, durch den Wald.

Nach einer gefühlten Ewigkeit stießen wir wieder auf den Pilgerweg. Auch von dieser Seite aus war der Einstieg kaum zu erkennen.

Hier machten wir Rast. Ich war völlig erledigt. Simon, Timo und Lars hatten zwar noch gerötete Augen, waren aber sonst wieder fit und bei Verstand. Die Sonne strahlte bereits durch die Bäume. Also plünderten wir zum Frühstück unsere Vorräte. Timo zückte die noch unversehrte Flasche Rotwein, die er im Rucksack hatte. Zum Frühstück auch mal etwas Neues, dachte ich. Bei Brot und Käse begann ich zu erzählen. Timo blickte Lars an und sagte: „Boah eh, was für eine geile Nacht. Sollten wir öfter machen!" Da musste sogar ich lachen.

All das würde uns kein Mensch glauben. Die anderen konnten sich sowieso an kaum etwas erinnern. An den Felsen schon gar nicht. Wir brachen nun doch zu dieser Kapelle auf, denn wollten wissen, ob es diesen blöden Spruch wirklich gab.

Kaum hatten wir das Gepäck geschultert und uns wieder auf den Weg gemacht, da stieß auf einmal auch der Wanderer vom Vortag auf uns. Er begrüßte uns überschwänglich. Natürlich machte er ein paar spitze Bemerkungen über unseren Zustand. Ob wir wohl eine wilde Nacht gehabt hätten.

„War der Weg so schwierig, oder seid ihr einem wildgewordenen Eichhörnchen begegnet?"

„Also den Weg, den kann man blind laufen!" Wir lachten. Der Wanderer lächelte irritiert, weil er den Witz nicht verstehen konnte.

„Und warum seid ihr überhaupt noch hier, ich dachte, das sei eine Abkürzung?"

„Wir hatten in der Nacht eben viel zu tun!" Wir lachten wieder. Wahrscheinlich hielt uns der Wanderer jetzt für ziemlich bescheuert. Trotzdem blieb er noch kurz und erzählte uns, dass er am Vortag wenig erfolgreich war. Er hatte die Kapelle und die ganze Umgebung abgesucht, aber da war nichts, was irgendwie mystisch oder unheimlich war. Wenn man von den Pilgern mal absah, die auch dort übernachtet hatten. Sogar die Darstellung von einem gekreuzigten Jesu auf einem kleinen Felsen war ziemlich verblasst und schlecht zu erkennen. Und weit und breit war kein kleiner Felsen zu finden. Er wäre deswegen etwas enttäuscht und meinte, er wollte nun auch wieder in Richtung Heimat gehen, unsere Abkürzung nehmen und sich den Rest seiner Wegstrecke schenken. Wir versuchten ihn umzustimmen. Das war gar nicht so einfach, ohne merkwürdig zu wirken. Wenn er einfach auf dem Weg blieb, würde er sowieso nicht auf den Felsen stoßen.

Ich blickte zurück und sah den Wanderer unserer Spur ins Dickicht folgen. Er hatte sich offensichtlich nicht von seiner Idee abbringen lassen. Später, von zu Hause aus, hatte ich immer mal wieder im Netz gestöbert, ob es dazu eine Vermisstenmeldung gab. Aber da war nie etwas zu finden.

Der Spruch an der Kapelle stand direkt über dem Eingang. Der Schriftzug war stark verwittert und kaum noch zu erkennen. Vor langer Zeit war er mit brauner oder roter Farbe mit verzierten Buchstaben auf den weißen Kalkputz geschrieben worden. Er lautete auch ein klein wenig anders: „Wer hier suchet, der wird nicht finden, und wer hier findet, der suchet nimmermehr".

Fahrten, Ferne, Natur,
Abenteuer deines Lebens

Weinbacher Wandervogel
www.wwv-web.net

Kennst Du schon ...

Der Leiermann

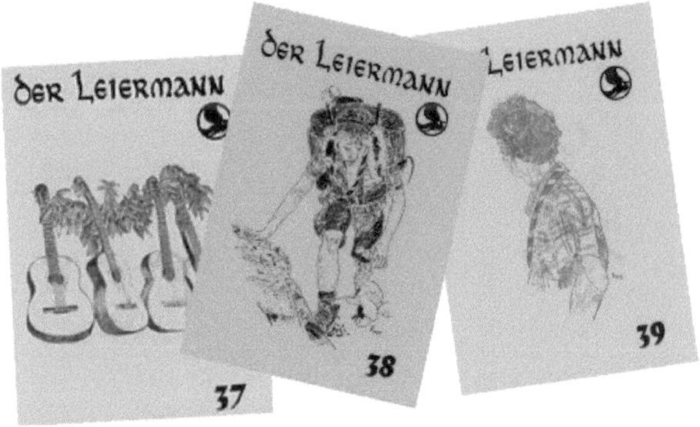

Das ist die Jahresschrift des Weinbacher Wandervogels. Der Leiermann berichtet jeweils einmal am Ende des Jahres aus dem Bundesgeschehen. Jungs und Ältere schreiben darin über Fahrten, Erlebnisse, aber auch über das, was sie selbst und uns bewegt. Auch mit selbstgeschriebenen Gedichten, Liedern, und Zeichnungen.

Gegen einen kleinen Obolus senden wir gerne ein Exemplar zu, solange die Bestände reichen. Erhältlich bei:

Weinbacher Wandervogel
Klein-Weinbach 11
35796 Weinbach

www.weinbacher-wandervogel.net
bund@weinbacher-wandervogel.net

IBAN:DE57 5019 0000 0000 7842 22 • BIC:FFVBDEFF Frankfurter Volksbank

Inhaltsverzeichnis

1   Peter Kehrbusch
Der Jäger Keim
Vorlesezeit: ca. 8 min   **1**

2   Peter Kehrbusch
Für einen Tag
Vorlesezeit: ca. 21 min   **7**

3   Martin Hecht
Im Stollen
Vorlesezeit: ca. 12 min   **23**

4   Peter Kehrbusch
Der Auszehrer
Vorlesezeit: ca. 18 min   **33**

5   Peter Kehrbusch
Die Abkürzung
Vorlesezeit: ca. 19 min   **47**